¡Dios cuida de mí!

Escrito e ilustrado por
Debby Anderson

Editorial
PORTAVOZ

Para
Katy, Jacey, Alyssa, Landon, Luke, Lydia, Addelyn Joy, Mackenzie Hope

¡y nuestros futuros nietos!

¡Cada uno de ustedes es un regalo extraordinario de Dios!

Agradecimientos

Dennis Ahern, doctor en Ministerio, consejero pastoral en World Venture

David J. Norton, doctor en Filosofía, terapeuta licenciado en matrimonio y familia en el *Centennial Counseling Center*, y profesor adjunto invitado en Wheaton College

Mason y Lauren Young, misioneros de Crossworld en Haití

Glenwood Community Church Life Groups

¡Amigos y familiares!

Texto e ilustraciones de *¡Dios cuida de mí!* © 2016 por Debby Anderson

Publicado por Editorial Portavoz, filial de Kregel, Inc., Grand Rapids, Michigan 49505. Todos los derechos reservados.

Ninguna parte de esta publicación podrá reproducirse de cualquier forma sin permiso escrito previo de los editores, con la excepción de citas breves en revistas o reseñas.

El texto bíblico indicado con "NTV" ha sido tomado de la *Santa Biblia*, Nueva Traducción Viviente, © Tyndale House Foundation, 2010. Usado con permiso de Tyndale House Publishers, Inc., 351 Executive Dr., Carol Stream, IL 60188, Estados Unidos de América. Todos los derechos reservados.

El texto bíblico indicado con "NBLH" ha sido tomado de Nueva Biblia Latinoamericana de Hoy, © 2005 por The Lockman Foundation. Todos los derechos reservados.

El texto bíblico indicado con "NVI" ha sido tomado de *La Santa Biblia, Nueva Versión Internacional* ®, copyright © 1999 por Biblica, Inc.® Todos los derechos reservados.

EDITORIAL PORTAVOZ
2450 Oak Industrial Drive NE
Grand Rapids, MI 49505 USA

Visítenos en: www.portavoz.com

ISBN 978-0-8254-5716-6 (rústica)

2 3 4 5 6 edición / año 28 27 26 25 24 23 22 21 20 19

Impreso en Colombia
Printed in Colombia

**A veces estamos tan contentos...
¡que parece que volamos!**

¡El mundo es como una gran aventura!

Isaías 40:31

Dios es amor.

Algunas veces estamos tristes, asustados o enojados. Sin embargo, como Dios es amor, ¡siempre le importa cómo nos sentimos! ¡Él sabe cómo estamos, porque lo sabe todo!

¡Dios también hizo todas las cosas! ¡Él es más grande que las ballenas, el océano y el mundo entero!

¡Qué grande es nuestro Señor! ¡Su poder es absoluto! ¡Su comprensión supera todo entendimiento! (Salmo 147:5, NTV)

Dios nos cuida cuando estamos tristes.

Dios es poderoso y grande, pero también se interesa por las cosas pequeñas… como las gotas de lluvia y los insectos. Le importa, de forma especial, cada pequeña lágrima cuando lloramos. Nuestras lagrimitas son IMPORTANTES para Dios. Llorar no es malo. Jesús también lloró. A veces nos parece que estamos bajo una nube negra, pero el amor de Dios por nosotros puede sanar nuestro corazón y renovarnos con gozo, esperanza y paz.

¿Qué te hace sentir triste?
¿Te dura mucho la tristeza o poco?
¿Te sientes triste ahora?

Isaías 57:15 y 63:9; Juan 11:35; Hebreos 2:18; 1 Juan 4:8

Dios nos cuida cuando estamos asustados.

A veces nos sentimos como si estuviéramos navegando en un mar en medio de la tempestad. Nos ayuda saber que Dios siempre está con nosotros. Ya no tenemos miedo y somos valientes. Dios es bueno y poderoso. Él está en todas partes. Está arriba, más allá de las estrellas, y también por debajo del mar. ¡Él está justo aquí con nosotros! ¡Nunca estamos solos!

¿Cuándo te sientes asustado?
¿A qué le tienes un poco de miedo?
¿Hay algo que te da mucho miedo?

¡Sé fuerte y valiente! ¡No tengas miedo ni te desanimes! Porque el SEÑOR tu Dios te acompañará dondequiera que vayas.
(Josué 1:9, NVI)

Respira hondo. Dios está tan cerca como el aire que respiramos.

Isaías 43:1-2; Daniel 10:19

A Dios le importa cuando estamos enojados.

¡A veces nos sentimos como un volcán a punto de estallar! No es malo enojarse, pero no está bien hacer daño a otras personas o a nosotros mismos. Dios nos puede ayudar a calmarnos y a tomar buenas decisiones. Su Espíritu puede hacer que entendamos por qué estamos enojados y así arreglar las cosas en lugar de explotar. Su Espíritu nos da sabiduría, paz y esperanza.

¿Qué te hace enojar?
¿Qué deseas hacer cuando estás enojado?

Efesios 4:26-27; Santiago 1:19-20

Dios es amor. ¡Dios es bueno!

¡Dios es bueno, y no se olvida nunca de sus promesas ni de nosotros! Él es un Padre celestial fiel y bueno para todos Sus hijos. Es el Padre más amoroso y poderoso de todos. ¡Él creó todas las cosas, y todo lo que hizo era bueno!

Él hizo el cielo y la tierra, el mar y todo lo que hay en ellos. Él cumple todas sus promesas para siempre. (Salmo 146:6, NTV)

Salmos 107:1 y 145:9; Lamentaciones 3:22-23

Dios hizo... pacíficos pingüinos presumidos...

...monos traviesos...

… ¡y nos hizo a nosotros! Dios nos hizo especiales y únicos. Él tiene un buen plan y un buen propósito para cada persona. Quizá Sus planes y propósitos no sean los más fáciles, pero siempre serán los mejores. Nuestro buen Dios promete ayudarnos a VENCER y a RESISTIR cuando ocurren cosas dolorosas. Él quiere vernos crecer y progresar.

¿Qué sueños tienes para ahora y para el futuro?
¿Qué te gustaría ser cuando seas mayor?

Estoy convencido precisamente de esto: que el que comenzó en ustedes la buena obra, la perfeccionará hasta el día de Cristo Jesús. (Filipenses 1:6, NBLH)

Génesis 50:20; Jeremías 29:10-11; Efesios 2:10

Médico y artista   Empresario y mecánico   Maestra e ingeniera de sistemas   Pastor y entrenador

… ¡y también seremos vecinos… parte de una familia… amigos!

Dios es amor. Dios es bueno. ¡Dios lo controla todo!

Cuando Dios hizo nuestro hermoso mundo, Él sabía que las personas pecarían. A causa de estas ofensas, nuestro mundo se ha estropeado. Sin embargo, Dios sigue teniendo el control y siempre lo tendrá. Él es muy bueno, y Su bondad es mucho más grande que todas las cosas malas. Su luz es más fuerte que la oscuridad.

Porque de tal manera amó Dios al mundo, que dio a Su Hijo unigénito (único), para que todo aquél que cree en Él, no se pierda, sino que tenga vida eterna. (Juan 3:16, NBLH)

Jesús, el Rey de reyes, vino a nuestro mundo para lavar nuestro oscuro corazón manchado por las cosas malas que hacemos todas las personas. Nos enseñó que **Dios es amor, que Dios es bueno y que lo controla todo.** Jesús sufrió y murió en la cruz para que nuestro corazón quedara limpio. Después de morir, volvió a vivir y salió de la tumba para darnos vida ahora y para siempre.

Sin embargo, ahora en nuestro mundo estropeado sentimos a veces como si estuviéramos perdidos en un bosque oscuro. Nos sentimos tristes, asustados y enojados. ¡Pero Jesús promete que siempre va a estar con nosotros! Él nos ayudará a ser fuertes y valientes. Algunas veces no sabemos **POR QUÉ** pasan cosas malas y dolorosas, pero sí sabemos **QUIÉN** va a estar a nuestro lado para que todo sea más fácil y podamos resistir: **¡JESÚS!**

Romanos 5:12, 17; 1 Timoteo 6:15-16

Cuando vayan al cielo los que aquí han decidido seguir a Jesús, ¡pasearán y hablarán con Él! Ellos ya no llorarán nunca más, porque Jesús secará sus lágrimas. Algún día, Dios renovará nuestro mundo. ¡Imagínate!

¿De qué quieres hablar con Jesús?
¿Qué cosas te llenan de gozo?

Juan 14:1-3; Apocalipsis 21:3-5

¡**D**ios también quiere que estemos gozosos aquí y ahora… y que tengamos **esperanza y paz!**

¡No se desalienten ni entristezcan, porque el gozo del Señor es su fuerza! (Nehemías 8:10, NTV)

Romanos 15:13; Colosenses 3:15

Como ruidosas ranas… y delfines acrobáticos… Dios quiere que vivamos y riamos… que disfrutemos de las cosas buenas que Él nos da… que exploremos Su mundo. ¡Hagámoslo! Somos lo más valioso que Él ha creado. Somos Su obra de arte más preciada. Dios nos creó para hacer cosas buenas y ayudar a los demás.

Pues somos la obra maestra de Dios. Él nos creó de nuevo en Cristo Jesús, a fin de que hagamos las cosas buenas que preparó para nosotros tiempo atrás. (Efesios 2:10, NTV)

Sofonías 3:17; Juan 10:10; 1 Timoteo 6:17

Dios no quiere que nos quedemos atascados en el barro. Quiere perdonarnos y que estemos contentos y seamos libres, fuertes y valientes. Quiere ayudarnos a tomar buenas decisiones y cumplir todo lo bueno que Él ha planeado para nosotros.

Confía en el SEÑOR de todo corazón, y no en tu propia inteligencia. Reconócelo en todos tus caminos, y él allanará tus sendas. (Proverbios 3:5-6, NVI)

Cuando la tristeza, el miedo y el enojo se apoderan de ti... y tu gozo, esperanza y paz se esconden...

Gálatas 5:1; Salmos 16:11 y 147:3

Cuéntale a Dios cómo te sientes.

Recuerda que Jesús también sufrió. Lo hizo por nosotros; así que Él puede entender muy bien cómo nos sentimos. Pídele a Dios que te ayude a ser fuerte y valiente.

Todavía no podemos ver a Dios, ¡pero Él sí nos ve, y nos escucha! Él nos habla a través de Su libro, la Biblia. ¡Debemos prestar atención y hacer lo que Él dice! Él nos ayudará a saber lo que tenemos que hacer y nos dará la fuerza y el valor para hacerlo.

Él siempre nos agarra fuerte. ¡Imagínate en los fuertes y seguros brazos de Dios!

Isaías 53:3-4; Salmo 119:105

Habla con una persona mayor de confianza.

Esta persona te puede ayudar a comprender por qué te sientes triste, asustado o enojado. Te ayudará a sentirte más seguro. Sigue buscando a esta persona hasta que la encuentres. Puede ser tu profesora, una enfermera, alguien de la iglesia o de tu familia, o alguien más de confianza.

> **No se preocupen por nada; en cambio, oren por todo. Díganle a Dios lo que necesitan y denle gracias por todo lo que él ha hecho.** (Filipenses 4:6, NTV)

Proverbios 12:15, 25

Cuida tu cuerpo.

Dios ha hecho tu cuerpo de una forma especial. Cuando cuidas tu cuerpo, te sientes mejor y más feliz.

También tienes que ocuparte de tu corazón y de tu mente. Descubre los talentos que Dios te ha dado, ¡esas cosas especiales que haces muy bien! Úsalas para lo bueno y para complacerlo.

¡Vamos! ¡Ponte en marcha! ¡Usa tu imaginación!

Todo lo puedo en Cristo que me fortalece. (Filipenses 4:13, NBLH)

Éxodo 31:3-5; 1 Corintios 6:13, 19-20; Efesios 2:10

... los árboles y los amigos...

¡Dale gracias a Dios por sus buenos regalos!

Mira alrededor de ti. Cuando das las gracias te sientes feliz. La gratitud es la chispa del gozo. ¿Estás agradecido por algo?

Colosenses 2:6-7; 1 Tesalonicenses 5:16

... las comidas de la abuela y las historias del abuelo...

... la escuela y los libros...

... los gatitos y los perritos...

¡Comparte una comida deliciosa!

¡Haz una tarjeta!

¡Juega con alguien!

Cuida de otros, así como Dios cuida de ti.

Compartir el amor de Dios con los demás les hace llegar rayos de luz en medio de la oscuridad… luz de gozo, esperanza y paz. ¿De qué manera puedes ayudar a otros?

> … sean amables unos con otros, sean de buen corazón, y perdónense unos a otros, tal como Dios los ha perdonado a ustedes por medio de Cristo.
> (Efesios 4:32, NTV)

2 Corintios 1:3-4; 1 Juan 4:18

¡Siéntate con alguien y solo escúchalo!

¡Ayuda con una tarea!

Recuerda siempre que Dios es amor, que Dios es bueno y que Dios lo controla todo.

Él no se olvidará nunca de ti. Él sabe cómo te llamas. ¡Eres importante para Él! Dios promete estar siempre contigo, cuando la vida sea como una tormenta y cuando sea como un mar tranquilo. ¡El arcoíris nos recuerda que Dios cumple Sus promesas! Cuando te sientes triste, asustado o enojado, no te olvides de que Él te ama. ¡Nada ni nadie puede quitarte el amor que Jesús siente por ti! Su amor está alrededor de ti: por encima, por debajo, delante y detrás de ti… ¡y dentro de ti! ¡Siempre! **¡Dios cuida de ti!**

… ¡muy grande es su fidelidad! (Lamentaciones 3:23, NVI)

Hechos 17:28; Romanos 8:35-39

Cómo ser hijo de Dios

Dios es amor. Dios es bueno y Él es soberano. Él hizo el mundo y todo lo que hay en él con amor, sabiduría, creatividad y un buen propósito. ¿Sabías que este mismo Dios amoroso, perfectamente bueno y todopoderoso quiere ser tu Padre? Él te ama y tiene un magnifico plan para tu vida.

> "Porque de tal manera amó Dios al mundo, que dio a Su Hijo unigénito (único), para que todo aquél que cree en Él, no se pierda, sino que tenga vida eterna" (Juan 3:16, NBLH). "Y ésta es la vida eterna: que Te conozcan a Ti, el único Dios verdadero, y a Jesucristo, a quien has enviado" (Juan 17:3, NBLH).

Entonces, ¿por qué no todo el mundo es parte de la familia de Dios?

Dios es bueno, santo, puro y perfecto, así que Él no puede tener una relación con alguien que no tenga un corazón limpio. La Biblia dice que todo lo que pensamos, deseamos, decimos o hacemos que no es puro, honesto y bueno se llama pecado. Pecado es mentir, robar, matar, faltar al respeto y hacer trampa. También es pecado maldecir, odiar, ser arrogante, egoísta, envidioso, rencoroso y chismoso.

Nadie puede estar a la altura de la perfección de Dios (Gálatas 2:16, 21; Efesios 2:8-10). "Pues todos hemos pecado; nadie puede alcanzar la meta gloriosa establecida por Dios" (Romanos 3:23, NTV). El pecado nos destruye a nosotros y a nuestras familias y comunidades, y nos separa de Dios ahora y para siempre.

El pecado es como un extenso océano imposible de atravesar a nado. Por lo tanto, Jesús, quien era totalmente Dios y totalmente hombre, vino a nuestro mundo a construir el puente entre los pecadores como nosotros y Dios el Padre que nos ama.

"Pues la paga que deja el pecado es la muerte, pero el regalo que Dios da es la vida eterna por medio de Cristo Jesús nuestro Señor" (Romanos 6:23, NTV).

Jesús vivió una vida perfecta —nadie más jamás podría hacerlo— y pagó la enorme deuda por nuestros pecados cuando sufrió y murió en la cruz. Jesús fue humillado, despreciado, golpeado y luego torturado hasta la muerte por ti. ¡Aun así resucitó para probar que Él era más poderoso que el pecado y la muerte!

Jesús demostró Su amor por ti cuando murió por tus pecados en la cruz. Él te está llamando en este momento, y te ruega que le entregues tu vida y seas parte de Su familia para siempre.

¿Quieres pertenecer a Jesús y ser un hijo de Dios? ¿Deseas seguirlo y ser Su amigo para siempre? ¿No te gustaría que Él te perdonara por todo lo malo que has hecho y te limpiara por dentro? Si estos son los deseos de tu corazón, ¡Él caminará al lado tuyo para siempre y te transformará! Puedes decírselo usando tus propias palabras o puedes decir algo así:

Señor Jesús, te necesito. Por favor, perdóname por todas las cosas malas que he hecho. Creo que moriste en la cruz por mis pecados. Creo que resucitaste de entre los muertos. Te pido que me cambies por dentro. Toma para siempre el control de mi vida y hazme la persona que Tú quieres que yo sea. Gracias. Amén.

Si le pediste a Jesús con sinceridad que fuera tu Salvador y que te perdonara, Su promesa es que le perteneces a Él para siempre (Juan 6:37; 10:28). Ahora eres parte de la gran familia de Dios: "pero a todos los que creyeron en él y lo recibieron, les dio el derecho de llegar a ser hijos de Dios" (Juan 1:12, NTV).

Habla con Jesús todos los días y en todas partes acerca de todas las cosas, sean grandes o pequeñas. Puedes hablar con Él en voz alta o en silencio en tu corazón. Esto se llama oración. Siempre te está oyendo y siempre contesta. Algunas veces no recibirás las respuestas inmediatamente y otras veces las respuestas serán diferentes a lo que esperabas, pero Jesús te dará lo que es mejor y te sostendrá durante los momentos difíciles. Jesús es un amigo fiel que nunca te abandonará.

Lee la Biblia cada día para conocer mejor a Jesús y Sus normas para tu vida. Puedes comenzar con el Evangelio de Juan, escrito por uno de los amigos de Jesús. Otro buen sitio para comenzar es el libro de los Salmos, que incluye poemas y oraciones en los que abundan las necesidades y los temores y que nos muestran la fidelidad de Dios en medio de las dificultades. Después de Salmos puedes leer Proverbios, que contiene refranes cortos y sabios para tener una vida abundante en el camino de Dios.

Trata de memorizar versículos regularmente. Esto te ayudará a crecer en tu relación con Dios y a ser cada vez más como Jesús por el poder del Espíritu Santo, quien vive en todos los que creen y siguen a Jesús. Al final de este libro encontrarás algunos versículos que te ayudarán a comenzar.

Recuerda, Jesús prometió: "Y tengan por seguro esto: que estoy con ustedes siempre, hasta el fin de los tiempos" (Mateo 28:20b, NTV), así que nunca más volverás a estar solo. Él es bueno, Él es soberano y Él te sostendrá a través de todas las tormentas de la vida. Jesús también dijo: "La paz les dejo, Mi paz les doy; no se la doy a ustedes como el mundo la da. No se turbe su corazón ni tenga miedo" (Juan 14:27, NBLH).

El SEÑOR es mi pastor, nada me falta;
  en verdes pastos me hace descansar.
Junto a tranquilas aguas me conduce;
  me infunde nuevas fuerzas.
Me guía por sendas de justicia
  por amor a su nombre.
Aun si voy por valles tenebrosos,
  no temo peligro alguno
porque tú estás a mi lado;
  tu vara de pastor me reconforta.
Dispones ante mí un banquete
  en presencia de mis enemigos.
Has ungido con perfume mi cabeza;
  has llenado mi copa a rebosar.
La bondad y el amor me seguirán
  todos los días de mi vida;
y en la casa del SEÑOR
  habitaré para siempre.

(Salmo 23, NVI)

Cómo Dios cuida de nosotros

Dios nos da aliento. (págs. 4-5)

Me mostrarás el camino de la vida, me concederás la alegría de tu presencia…
(Salmo 16:11, NTV)

Dios es amor. (págs. 6-7)

El que no ama no conoce a Dios, porque Dios es amor. (1 Juan 4:8, NBLH)

En el principio, Dios creó los cielos y la tierra. La tierra no tenía forma y estaba vacía, y la oscuridad cubría las aguas profundas; y el Espíritu de Dios se movía en el aire sobre la superficie de las aguas. (Génesis 1:1-2, NIV)

La tierra es del SEÑOR y todo lo que hay en ella; el mundo y todos sus habitantes le pertenecen. (Salmo 24:1, NTV)

Bienaventurado aquél cuya ayuda es el Dios de Jacob, cuya esperanza está en el SEÑOR su Dios, que hizo los cielos y la tierra, el mar y todo lo que en ellos hay; que guarda la verdad para siempre… El SEÑOR protege a los extranjeros, sostiene al huérfano y a la viuda, pero frustra el camino a los impíos. (Salmo 146:5-6, 9, NBLH)

Oh SEÑOR, has examinado mi corazón y sabes todo acerca de mí. Sabes cuándo me siento y cuándo me levanto; conoces mis pensamientos aun cuando me encuentro lejos.
(Salmo 139:1-2, NTV)

El SEÑOR está cerca de los que tienen quebrantado el corazón; él rescata a los de espíritu destrozado. (Salmo 34:18, NTV)

Tú llevas la cuenta de todas mis angustias y has juntado todas mis lágrimas en tu frasco; has registrado cada una de ellas en tu libro.
(Salmo 56:8, NTV)

Dios siempre está con nosotros. (págs. 8-9)

… ¡Jamás podría huir de tu presencia!… Si cabalgo sobre las alas de la mañana, si habito junto a los océanos más lejanos, aun allí me guiará tu mano y me sostendrá tu fuerza.
(Salmo 139:7b-10, NTV)

… y ¡recuerden (he aquí)! Yo estoy con ustedes todos los días, hasta el fin del mundo. (Mateo 28:20, NBLH)

… él es quien da a todos la vida, el aliento y todas las cosas… En verdad, él no está lejos de ninguno de nosotros, "puesto que en él vivimos, nos movemos y existimos"… (Hechos 17:25-28, NVI)

Mejor es ser paciente que poderoso; más vale tener control propio que conquistar una ciudad. (Proverbios 16:32, NTV)

ENÓJENSE, PERO NO PEQUEN; no se ponga el sol sobre su enojo, ni den oportunidad (lugar) al diablo. (Efesios 4:26-27, NBLH)

… Todos deben estar listos para escuchar, y ser lentos para hablar y para enojarse; pues la ira humana no produce la vida justa que Dios quiere. (Santiago 1:19-20, NVI)

En cambio, la clase de fruto que el Espíritu Santo produce en nuestra vida es: amor, alegría, paz, paciencia, gentileza, bondad, fidelidad, humildad y control propio… (Gálatas 5:22-23, NTV)

Pues por cuanto Él mismo fue tentado en el sufrimiento, es poderoso para socorrer a los que son tentados. (Hebreos 2:18, NBLH)

Dios es bueno. (págs. 10-11)

Den gracias al SEÑOR, porque Él es bueno; porque para siempre es Su misericordia. (Salmo 107:1, NBLH)

Tú eres bueno y haces únicamente el bien… (Salmo 119:68, NTV)

El SEÑOR es bueno con todos; desborda compasión sobre toda su creación. (Salmo 145:9, NTV)

Desde lo más profundo de la fosa invoqué, SEÑOR, tu nombre, y tú escuchaste mi plegaria; no cerraste tus oídos a mi clamor. Te invoqué, y viniste a mí; «No temas», me dijiste. Tú, Señor, te pusiste de mi parte y me salvaste la vida. (Lamentaciones 3:55-58, NVI)

Oh SEÑOR, ¡cuánta variedad de cosas has creado! Las hiciste todas con tu sabiduría; la tierra está repleta de tus criaturas. (Salmo 104:24, NTV)

… Sopló la palabra, y nacieron todas las estrellas. (Salmo 33:6, NTV)

Entonces Dios miró todo lo que había hecho, ¡y vio que era muy bueno! (Génesis 1:31, NTV)

Dios tiene un plan para nosotros. (págs. 12-13)

Pues somos la obra maestra de Dios… (Efesios 2:10, NTV)

Pues yo sé los planes que tengo para ustedes —dice el SEÑOR—. Son planes para lo bueno y no para lo malo, para darles un futuro y una esperanza. (Jeremías 29:11, NTV)

Pero los planes del SEÑOR se mantienen firmes para siempre; sus propósitos nunca serán frustrados. (Salmo 33:11, NTV)

El SEÑOR cumplirá en mí su propósito. Tu gran amor, SEÑOR, perdura para siempre; ¡no abandones la obra de tus manos! (Salmo 138:8, NVI) Ver también Romanos 8:28.

Te daré gracias, porque asombrosa y maravillosamente he sido hecho; maravillosas son Tus obras, y mi alma lo sabe muy bien. (Salmo 139:14, NBLH)

En el amor no hay temor, sino que el perfecto amor echa fuera el temor, porque el temor involucra castigo, y el que teme no es hecho perfecto en el amor. (1 Juan 4:18, NBLH)

Dios tiene el control. (págs. 14-15)

Pues todos hemos pecado; nadie puede alcanzar la meta gloriosa establecida por Dios. (Romanos 3:23, NTV)

Fue despreciado y rechazado: hombre de dolores, conocedor del dolor más profundo… Sin embargo, fueron nuestras debilidades las que él cargó; fueron nuestros dolores los que lo agobiaron… Pero él fue traspasado por nuestras rebeliones y aplastado por nuestros pecados. Fue golpeado para que nosotros estuviéramos en paz; fue azotado para que pudiéramos ser sanados. (Isaías 53:3-5, NTV)

La luz brilla en la oscuridad, y la oscuridad jamás podrá apagarla. (Juan 1:5, NTV)

Si a alguno de ustedes le falta sabiduría, pídasela a Dios, y él se la dará, pues Dios da a todos generosamente sin menospreciar a nadie. (Santiago 1:5, NVI) Ver también 2 Crónicas 20:12.

… Dios es luz y en él no hay nada de oscuridad. (1 Juan 1:5, NTV)

Dios nos llena de gozo. (págs. 16-17)

«… Dios mismo estará con ellos. Él les secará toda lágrima de los ojos, y no habrá más muerte ni tristeza ni llanto ni dolor. Todas esas cosas ya no existirán más». Y el que estaba sentado en el trono dijo: «¡Miren, hago nuevas todas las cosas!»… (Apocalipsis 21:3b-5, NTV)

… Allí no existirá la noche —no habrá necesidad de la luz de lámparas ni del sol— porque el Señor Dios brillará sobre ellos. Y ellos reinarán por siempre y para siempre (Apocalipsis 22:4b-5, NTV)

Ciertamente tu bondad y tu amor inagotable me seguirán todos los días de mi vida, y en la casa del SEÑOR viviré por siempre. (Salmo 23:6, NTV)

No dejen que el corazón se les llene de angustia; confíen en Dios y confíen también en mí. En el hogar de mi Padre, hay lugar más que suficiente. Si no fuera así, ¿acaso les habría dicho que voy a prepararles un lugar? Cuando todo esté listo, volveré para llevarlos, para que siempre estén conmigo donde yo estoy. (Juan 14:1-3, NTV)

El lobo morará con el cordero, y el leopardo se echará con el cabrito. El becerro, el leoncillo y el animal doméstico *andarán* juntos, y un niño los conducirá… No dañarán ni destruirán en todo Mi santo monte, porque la tierra estará llena del conocimiento del SEÑOR como las aguas cubren el mar. (Isaías 11:6-9, NBLH)

Él sana a los de corazón quebrantado y les venda las heridas. (Salmo 147:3, NTV)

Pues considero que los sufrimientos de este tiempo presente no son dignos de ser comparados con la gloria que nos ha de ser revelada. (Romanos 8:18, NBLH) Ver también 2 Corintios 4:16-17.

Dios nos ayuda a tomar buenas decisiones. (págs. 20-21)

En mi desesperación oré, y el SEÑOR me escuchó… (Salmo 34:6, NTV)

Afligidos en todo, pero no agobiados; perplejos, pero no desesperados… al no poner nuestra vista en las cosas que se ven, sino en las que no se ven. Porque las cosas que se ven son temporales, pero las que no se ven son eternas. (2 Corintios 4:8, 18, NBLH)

El SEÑOR da vista a los ciegos, el SEÑOR sostiene a los agobiados, el SEÑOR ama a los justos. (Salmo 146:8, NVI)

Dios quiere que disfrutemos de Su mundo. (págs. 18-19)

Yo he venido para que tengan vida, y para que *la* tengan *en* abundancia. (Juan 10:10b, NBLH)

Pues el SEÑOR tu Dios vive en medio de ti. Él es un poderoso salvador. Se deleitará en ti con alegría. Con su amor calmará todos tus temores. Se gozará por ti con cantos de alegría. (Sofonías 3:17, NTV)

… no sean altaneros ni pongan su esperanza en la incertidumbre de las riquezas, sino en Dios, el cual nos da abundantemente todas las cosas para que las disfrutemos. (1 Timoteo 6:17, NBLH)

Dios nos comprende. (págs. 22-23)

… Cuando mis inquietudes se multiplican dentro de mí, Tus consuelos deleitan mi alma. (Salmo 94:17-19, NBLH)

Cuando te llamé, me respondiste; me infundiste ánimo y renovaste mis fuerzas. (Salmo 138:3, NVI)

… Vengan a mí todos los que están cansados y llevan cargas pesadas, y yo les daré descanso. (Mateo 11:28, NTV)

Tu palabra es una lámpara que guía mis pies y una luz para mi camino. (Salmo 119:105, NTV)

… el que escucha consejos es sabio… La ansiedad en el corazón del hombre lo deprime, pero la buena palabra lo alegra.
(Proverbios 12:15, 25, NBLH)

No tengas miedo, porque yo estoy contigo; no te desalientes, porque yo soy tu Dios. Te daré fuerzas y te ayudaré; te sostendré con mi mano derecha victoriosa. (Isaías 41:10, NTV)

El Dios eterno es tu refugio, y sus brazos eternos te sostienen… (Deuteronomio 33:27, NTV)

Alimentará su rebaño como un pastor; llevará en sus brazos los corderos y los mantendrá cerca de su corazón. Guiará con delicadeza a las ovejas con crías. (Isaías 40:11, NTV)

Así que acerquémonos confiadamente al trono de la gracia para recibir misericordia y hallar la gracia que nos ayude en el momento que más la necesitemos. (Hebreos 4:16, NVI)

Dios nos da fuerza. (págs. 24-25)

¿No se dan cuenta de que su cuerpo es el templo del Espíritu Santo, quien vive en ustedes y les fue dado por Dios? Ustedes no se pertenecen a sí mismos, porque Dios los compró a un alto precio. Por lo tanto, honren a Dios con su cuerpo.
(1 Corintios 6:19-20, NTV)

(Dios dice:) "Te basta con Mi gracia, pues Mi poder se perfecciona en la debilidad."
(2 Corintios 12:9, NBLH)

Porque no nos ha dado Dios espíritu de cobardía, sino de poder, de amor y de dominio propio (de disciplina). (2 Timoteo 1:7, NBLH)

¡Sean agradecidos y ayuden a otros! (págs. 26-27)

El corazón alegre es una buena medicina…
(Proverbios 17:22, NTV)

Que gobierne en sus corazones la paz de Cristo, a la cual fueron llamados en un solo cuerpo. Y sean agradecidos.
(Colosenses 3:15, NVI)

El amor es paciente y bondadoso. El amor no es celoso ni fanfarrón ni orgulloso.
(1 Corintios 13:4, NTV)

Y un siervo del Señor no debe andar peleando; más bien, debe ser amable con todos, capaz de enseñar y no propenso a irritarse.
(2 Timoteo 2:24, NVI)

No se inquieten por nada; más bien, en toda ocasión, con oración y ruego, presenten sus peticiones a Dios y denle gracias. Y la paz de Dios, que sobrepasa todo entendimiento, cuidará sus corazones y sus pensamientos en Cristo Jesús. (Filipenses 4:6-7, NVI)

… Dios es nuestro Padre misericordioso y la fuente de todo consuelo. Él nos consuela en todas nuestras dificultades para que nosotros podamos consolar a otros. Cuando otros pasen por dificultades, podremos ofrecerles el mismo consuelo que Dios nos ha dado a nosotros. (2 Corintios 1:3-4, NTV)

Dios es fiel. (págs. 28-29)

… porque Dios ha dicho: «Nunca te dejaré; jamás te abandonaré.» (Hebreos 13:5, NVI)

Tu protección me envuelve por completo; me cubres con la palma de tu mano. (Salmo 139:5, NVI)

El SEÑOR redime el alma de Sus siervos, y no será condenado ninguno de los que en Él se refugian. (Salmo 34:22, NBLH)

Y estoy convencido de que nada podrá jamás separarnos del amor de Dios. Ni la muerte ni la vida, ni ángeles ni demonios, ni nuestros temores de hoy ni nuestras preocupaciones de mañana. Ni siquiera los poderes del infierno pueden separarnos del amor de Dios. Ningún poder en las alturas ni en las profundidades, de hecho, nada en toda la creación podrá jamás separarnos del amor de Dios, que está revelado en Cristo Jesús nuestro Señor. (Romanos 8:38-39, NTV)

… corramos con paciencia (perseverancia) la carrera que tenemos por delante, puestos los ojos en Jesús… (Hebreos 12:1-2, NBLH)

¡Oh, si conociéramos al SEÑOR! Esforcémonos por conocerlo. Él nos responderá, tan cierto como viene el amanecer… (Oseas 6:3, NTV)

El gran amor del SEÑOR nunca se acaba, y su compasión jamás se agota. Cada mañana se renuevan sus bondades; ¡muy grande es su fidelidad! Por tanto, digo: «El SEÑOR es todo lo que tengo. ¡En él esperaré!» Bueno es el SEÑOR con quienes en él confían, con todos los que lo buscan. Bueno es esperar calladamente a que el SEÑOR venga a salvarnos. (Lamentaciones 3:22-26, NVI)

El S<small>EÑOR</small> es misericordioso y compasivo,
    lento para enojarse y lleno de amor inagotable.
El S<small>EÑOR</small> es bueno con todos;
    desborda compasión sobre toda su creación...
Pues tu reino es un reino eterno;
    gobiernas de generación en generación.
El S<small>EÑOR</small> siempre cumple sus promesas;
    es bondadoso en todo lo que hace.
El S<small>EÑOR</small> ayuda a los caídos
    y levanta a los que están agobiados por sus cargas.
Los ojos de todos buscan en ti la esperanza;
    les das su alimento según la necesidad.
Cuando abres tu mano,
    sacias el hambre y la sed de todo ser viviente.
El S<small>EÑOR</small> es justo en todo lo que hace;
    está lleno de bondad.
El S<small>EÑOR</small> está cerca de todos los que lo invocan,
    sí, de todos los que lo invocan de verdad.
Él concede los deseos de los que le temen;
    oye sus gritos de auxilio y los rescata.
El Señor protege a todos los que lo aman,
    pero destruye a los perversos. *(Salmo 145:8-9, 13-20, NTV)*